MW01115399

龍 燈

蘇秀絨・文　黃茗莉・圖

國語日報

浙江省金華縣有一條大溪，叫做「靈溪」，溪水從北邊的奇靈山上發源，順著山谷流下，一直流到平地。沿著溪水流過的地方散布著不少村莊，村莊裡的人都靠種田過生活。

除了村莊，　就是那方方塊塊的稻田，這些稻田都是引靈溪的水來灌溉的。

金華縣的縣太爺姓王，　大家管他叫「　王太爺」，　王太爺心腸好，　又很愛護老百姓。

有一天下午，王太爺從外面回家，看見門前的大榕樹下，有一個青年，抓了一條攀在樹枝上的蛇，放進身旁的籠子裡。那個青年把籠門關好，擡起頭來，看見王太爺站在那兒，忙說：「王太爺，對不起，在這兒吵了您！」

太爺問清楚，才知道他就住在這附近，平時以捕蛇維持生活。現在打算把捕到的這條蛇賣到蛇肉店去。

太爺望望籠中的蛇，那蛇約有兩尺長，滿身美麗的花紋，身子盤成一圈，頭一直垂著，好像很沮喪的樣子，太爺走近看看，突然看到蛇的眼裡掉下幾滴淚。太爺很訝異，覺得這條蛇不同尋常，動了同情心，想了想，於是和青年商量後把蛇給買下了。

他把蛇買下以後，怕放走牠又被人捉住，因此就養在家裡。

說也奇怪，這條蛇特別喜歡吃米穀，太爺每天餵牠米穀，牠就「扎扎扎」吃得津津有味。

日子一天一天的過去，那條蛇也成了王太爺家中的「一分子」了。

隨後夏天來了。今年夏天天氣特別熱，接連著四十幾天沒有下雨。農人蹙著眉頭，擡頭望著天空，心裡發慌了：「雨再不下，田裡的稻子怎麼辦？」

靈溪的水漸漸枯乾，田裡的稻子慢慢變黃，雨還固執著不下來。

王太爺比大家更難過，更憂慮。這幾天來，他吃不下飯，也睡不著覺，人都消瘦下去了，奇怪的是那籠裡的蛇這幾天也像有心事似的，太爺放在牠面前的米穀，牠動也不動，無精打采的踡伏著。

這天晚上，夜很靜，滿天的星星，太爺獨自在天井裡擺上香案，默默的跪地禱告，一直到天快亮了，遠處傳來「喔喔──喔！」的雞啼聲，他才疲倦的回到屋裡，上床打算睡覺。他剛迷迷糊糊的合上眼，突然「呼！」的一聲，颳起一陣風，眼前出現了一個老公公，太爺吃了一驚。

「你_{ㄋㄧ}不_{ㄅㄨ}要_{ㄧㄠ}怕_{ㄆㄚ}。

我_{ㄨㄛ}是_ㄕ土_{ㄊㄨ}地_{ㄉㄧ}公_{ㄍㄨㄥ}，」老_{ㄌㄠ}公_{ㄍㄨㄥ}

公_{ㄍㄨㄥ}說_{ㄕㄨㄛ}，「 因_{ㄧㄣ}為_{ㄨㄟ}你_{ㄋㄧ}心_{ㄒㄧㄣ}地_{ㄉㄧ}好_{ㄏㄠ}， 玉_ㄩ帝_{ㄉㄧ}

託_{ㄊㄨㄛ}我_{ㄨㄛ}來_{ㄌㄞ}轉_{ㄓㄨㄢ}告_{ㄍㄠ}你_{ㄋㄧ}一_ㄧ件_{ㄐㄧㄢ}事_ㄕ：你_{ㄋㄧ}把_{ㄅㄚ}籠_{ㄌㄨㄥ}子_ㄗ裡_{ㄌㄧ}的_{ㄉㄜ}蛇_{ㄕㄜ}

放_{ㄈㄤ}進_{ㄐㄧㄣ}靈_{ㄌㄧㄥ}溪_{ㄒㄧ}， 就_{ㄐㄧㄡ}會_{ㄏㄨㄟ}達_{ㄉㄚ}成_{ㄔㄥ}你_{ㄋㄧ}的_{ㄉㄜ}願_{ㄩㄢ}望_{ㄨㄤ}。 要_{ㄧㄠ}記_{ㄐㄧ}

住_{ㄓㄨ}： 今_{ㄐㄧㄣ}天_{ㄊㄧㄢ}， 今_{ㄐㄧㄣ}天_{ㄊㄧㄢ}中_{ㄓㄨㄥ}午_ㄨ去_{ㄑㄩ}放_{ㄈㄤ}了_{ㄌㄜ}牠_{ㄊㄚ}……」

下_{ㄒㄧㄚ}面_{ㄇㄧㄢ}的_{ㄉㄜ}話_{ㄏㄨㄚ}還_{ㄏㄞ}沒_{ㄇㄟ}有_{ㄧㄡ}說_{ㄕㄨㄛ}完_{ㄨㄢ}， 老_{ㄌㄠ}公_{ㄍㄨㄥ}公_{ㄍㄨㄥ}的_{ㄉㄜ}身_{ㄕㄣ}子_ㄗ

一_ㄧ輕_{ㄑㄧㄥ}， 就_{ㄐㄧㄡ}飄_{ㄆㄧㄠ}去_{ㄑㄩ}了_{ㄌㄜ}。

「 等_{ㄉㄥ}等_{ㄉㄥ}， 等_{ㄉㄥ}等_{ㄉㄥ}……」 太_{ㄊㄞ}爺_{ㄧㄝ}叫_{ㄐㄧㄠ}著_{ㄓㄜ}， 從_{ㄘㄨㄥ}夢_{ㄇㄥ}

中_{ㄓㄨㄥ}醒_{ㄒㄧㄥ}來_{ㄌㄞ}。

原_{ㄩㄢ}來_{ㄌㄞ}是_ㄕ場_{ㄔㄤ}夢_{ㄇㄥ}啊_ㄚ！ 可_{ㄎㄜ}是_ㄕ剛_{ㄍㄤ}剛_{ㄍㄤ}那_{ㄋㄚ}老_{ㄌㄠ}公_{ㄍㄨㄥ}公_{ㄍㄨㄥ}的_{ㄉㄜ}

影_{ㄧㄥ}子_ㄗ好_{ㄏㄠ}像_{ㄒㄧㄤ}還_{ㄏㄞ}在_{ㄗㄞ}眼_{ㄧㄢ}前_{ㄑㄧㄢ}， 他_{ㄊㄚ}的_{ㄉㄜ}話_{ㄏㄨㄚ}也_{ㄧㄝ}還_{ㄏㄞ}清_{ㄑㄧㄥ}晰_{ㄒㄧ}的_{ㄉㄜ}

在_{ㄗㄞ}耳_ㄦ旁_{ㄆㄤ}響_{ㄒㄧㄤ}著_{ㄓㄜ}。

中午，王太爺提著籠子來到靈溪邊，他打開籠子，把那條蛇放進溪裡去了。

過了幾天，有一天傍晚，太陽剛剛下山，奇靈山附近的稻田邊，有一個青年忽然大聲叫起來：「看！大家看！看那奇靈山頂上！」田裡的、路旁的人不約而同的順他手指的方向望去。

奇靈山又高又陡，山峰筆直的指向雲霄，從來就沒有人上過那山峰。這時候，那奇靈山谷中，有一道刺眼的亮光一閃一閃的閃著，隨著閃光，有一縷白色雲霧慢慢上升上升，逐漸擴大，包住了整個山峰頂，然後緩緩的向四方擴散開，好像要把天空全給遮起來一樣。

太陽躲到迷迷濛濛的雲霧裡去了，天氣不再那麼酷熱，大家心裡正暗暗高興的時候，「淅瀝淅瀝……」雨點兒悄悄的落下來，接著就「嘩啦啦」的像倒水一樣下起大雨來了。

連下幾天幾夜的雨，靈溪裡又有了奔流的水，乾旱解除了。

這一年，稻米收成非常好，有人知道了太爺放蛇的事，就把這件事跟下雨的事連在一起講給別人聽，於是大家都認為那蛇是靈溪裡的水神。

因為王太爺放蛇的那天正是三十日，所以從此以後每個月的三十日這天，遠遠近近的人都帶著大包小包的米穀，來到靈溪邊，把那一包包一袋袋的米穀往靈溪裡倒。他們希望「水神」多多照顧農田，給大家帶來足夠的雨水。

說也奇怪，自從旱象解除以後，奇靈山谷中就經常在大家需要雨水以前，升起雲霧，大家望著盤旋在山峰四周的雲霧，心中懷著感激。

接著，要過年了。依照金華縣的風俗，每年的最後一天，家家戶戶都要燒香祭拜，表示感謝天上眾神這一年的照顧。這就是「祭天」的風俗，也就是「謝神」的意思。

當然，今年因為水神大大的幫助，所以大家除了燒香祭拜以外，每一戶人家的供桌上還擺滿了雞鴨魚肉等等好吃的東西。同時靈溪邊也特別熱鬧，人人帶著大包小包的米穀來謝水神。

一年過了，接著第二年來了，這年的天氣仍然不錯，溪水也很充足，可是，奇怪的是從年節過後到現在，陰天的日子特別多，天空中經常布滿濃濃厚厚的雲層，已經夏天了，還這樣，難得看到幾個晴天。

　　夏天過了，秋風颯颯的吹起，大片大片金黃的稻穗都害羞似的垂下頭來。

　　眼看今年又是個大豐收，可是最近奇靈山頂的雲霧顯得變幻不定。王太爺和百姓都有些擔心。

有一天晚上，王太爺正在睡覺，他夢見自己來到靈溪邊，腳步一滑，跌進了靈溪。他正在水流中掙扎著，突然看到一隻大螃蟹張開兩隻鉗子一樣的螯，向他逼來。他慌張的大喊：「救命呀救命！」正在危急的時候，從河的上游出現一條銀光閃閃的巨龍。巨龍沿著溪水飛快的游過來。大螃蟹見巨龍來勢洶洶，往水底一潛，一眨眼兒就無影蹤了。

巨龍把王太爺馱在背上。太爺疲倦、慌張又害怕。巨龍緩緩游動，張口說話了。

「別怕，我是奇靈山裡的巨龍，正是你放生的蛇。」

「什麼？什麼？」太爺還沒有回過神來。

「我本是天上掌管米穀的水神，因為犯罪，被貶到人間化作普通的蛇。那一天要不是你救了我，我就沒命了。」巨龍的語氣很溫和，「去年發生旱災的時候，有一天晚上你跪地禱告的聲音傳進玉帝耳裡，玉帝動了慈悲，要你放了我，讓我又幻化成巨龍，從此為金華縣降雲雨，掌管天氣，使稻米豐收……」

巨龍的聲音轉為宏亮而堅決，「可是百姓誤會了玉帝的好意，不斷往靈溪裡擲米。玉帝知道了，大發雷霆，說百姓蹧蹋米穀，要罰金華縣今年和明年大旱兩年。我向祂求情，可是沒有用……」

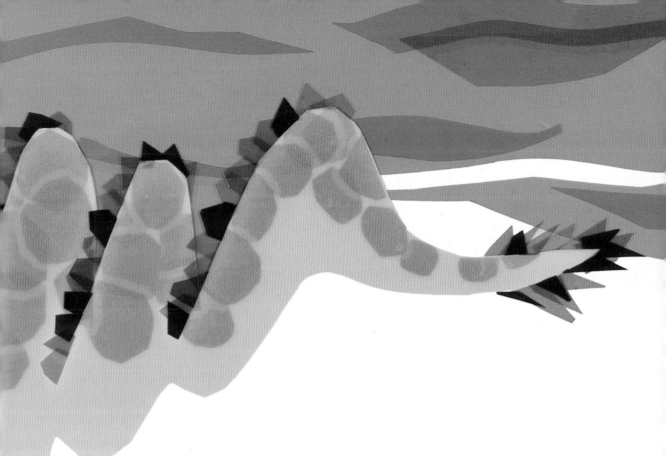

「啊！你說什麼？……」太爺的聲音有些發抖。

「先不要急，玉帝要罰金華縣在今年和明年大旱兩年，可是不要緊，我有辦法為大家解決這個問題。不過，你千萬記住：過年快到了，馬上通告大家，今年和明年的過年祭天謝神一定不能用雞鴨魚肉，免得被玉帝知道百姓豐收，而且趕快禁止百姓往靈溪擲米。記住：過年謝神改用清水。不要忘了！」

巨龍說著，猛力一個翻滾，太爺被翻到水中，他大叫一聲，從夢裡掙扎著醒過來。

第二天，他下令全縣，到處貼公告：

「今年和明年的過年，一律用清水祭天，不能用雞鴨魚肉；並且禁止前往靈溪擲米穀，否則將會帶來災禍。」

老百姓正忙著收割，不少人看到通告，紛紛傳開了。

「稻米豐收，人人豐衣足食，感謝天神都怕來不及，怎麼還用清水祭天呢？」

「雨水足夠，稻米又要豐收了，哪兒有什麼災禍的？」

「是不是王太爺病了，腦子不清楚啊！」

你一言我一語，大家認為太爺的腦子有問題，也就不把它當作一回事。

年節快到了，家家戶戶的米倉都滿滿的。

農曆十二月三十日過年這天，不少百姓背著太爺，悄悄在供桌上擺滿雞鴨魚肉，燒香祭拜。

「咦？好香，是金華縣傳上來的香味，這……這怎麼可能？今年是旱年呀？」那雞鴨魚肉的香氣隨著香火上升，升到天上，衝進玉帝的鼻子裡，玉帝覺得很奇怪。

玉帝立刻派了兩位天神化作兩隻鳥，飛到奇靈山谷來探看。兩隻鳥在霧騰騰的山谷中飛來飛去，什麼也看不清，牠們張大兩眼仔細搜尋，終於發現了是巨龍在作怪。原來那巨龍吐出又濃又厚的雲霧，使滿山滿谷全給雲霧籠罩住了。怪不得，這一年裡，每當有天神從金華縣經過，都看不清底下的情形。這巨龍故意這樣製造雲霧，主要的原因是為了好躲在濃濃的雲霧裡，悄悄在為金華縣降雲雨呢！

這消息很快的傳到玉帝耳中。這一下，玉帝真正發怒了。

「豈有此理，豈有此理！大膽敢背叛我的命令！」

頓時，天空烏雲密布，昏天黑地，雷聲大作。隆隆的雷聲和紅紅的閃光，使百姓以為天要坍了。正當大家驚慌的望著暗紅色的天邊的時候，空中落下了雨點兒。

「哇！紅雨，紅雨，天下紅雨呀！」

紅雨下了三天三夜，下得很大很猛，靈溪裡的水變成一片血紅。

　　奇靈山裡的巨龍被斬了，龍頭和龍身分成兩半，分別跌落在靈溪兩岸——這天正是元月十五日。

　　百姓知道巨龍的事以後非常後悔、難過，可是一切都晚了。

　　從此以後，金華縣的奇靈山谷中不再經常有雲霧升起，也看不見白色雲霧盤繞在山峰四周的景色了。

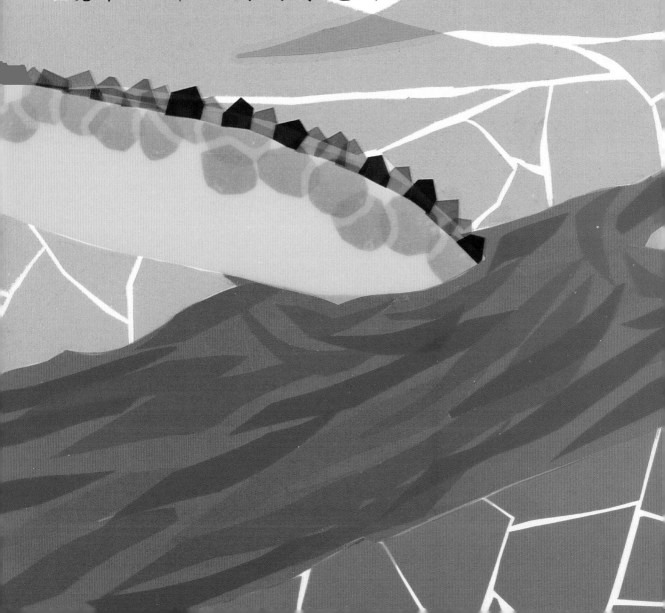

這件事發生以後，王太爺辭去官職，來到奇靈山中，蓋一間茅屋隱居起來了。

金華縣的百姓以後每到農曆元月十五日這天，都要「鬧龍燈」，他們要把巨龍的頭和身子重新再接合起來。

光彩奪目慶元宵

從古老的中國到今日的臺灣，花燈展露出萬種的風情。一盞盞光彩奪目的燈籠，溫暖了每個賞燈人的心。每年的臺北燈會總有成千上萬的民眾湧入會場，華麗、壯觀的主題燈在黝暗的夜空中更顯得亮麗耀眼。

喜牛賀春

以農夫和牛為造型的主題燈，象徵著勤奮與富庶。（陳壁銘攝）

福豬報喜

圓滾的福豬帶來滿足和福氣。（陳壁銘攝）

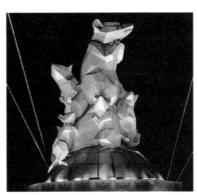

金鼠獻瑞

九隻金鼠在黝黑的夜空中，金光閃閃、璀璨動人，為熱鬧滾滾的年節正式畫下完美的句點。（高修民攝）

祥虎躍昇

添了雙翼的老虎，彷彿要一躍沖天，磅礡的氣勢，更顯得虎虎生風。（陳壁銘攝）

玉兔搗月

具現代感的玉兔佩帶著大哥，一邊搗藥，一邊打電話，真是時髦又可愛。（高修民攝）

做燈籠

動動手自己做個燈籠，可是元宵節另一項有趣的活動。瞧瞧照片中這祖孫兩人，做得多麼起勁啊！（陳壁銘攝）

提燈籠

涼涼的夜裡，穿件暖暖的外套。呼朋喚友，結伴賞燈去吧！黃澄澄的燈火，喜滋滋的笑容，提一盞燈籠，滿懷希望與歡樂。（陳壁銘攝）

買花燈

隨著元宵節的逼近，應景的各式燈籠也紛紛上市，傳統紙燈、造型燈籠應有盡有。買個燈籠，暖和暖和孩子的心吧！（高修民攝）

吃小吃

元宵燈會總少不了一些民俗藝品和小吃，看看花燈、逛逛民俗街，吃喝玩樂，好不愉快。（莊錦芳攝）

龍銜火樹千燈豔

　　每逢元宵節，各式各樣的花燈盡出奇招、爭妍鬥豔，讓人看得目不暇給。從早期自製的罐頭燈籠、西瓜燈籠，到稍後的紙燈籠、塑膠燈籠甚至是近幾年的燈泡燈籠、電動花燈。燈籠的取材、造型也日新月異，創意十足。

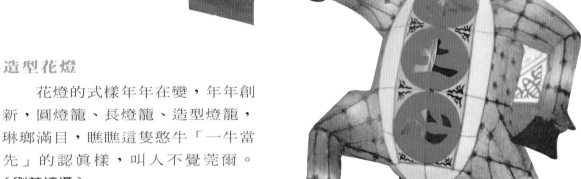

造型花燈

　　花燈的式樣年年在變，年年創新，圓燈籠、長燈籠、造型燈籠，琳瑯滿目，瞧瞧這隻憨牛「一牛當先」的認真樣，叫人不覺莞爾。
（劉芳婷攝）

竹編花燈

　　花燈的製作需要運用竹編、紙紮、繪畫等技術。燈架編得扎實協調，燈面裱得平整無痕，再繪上人物百態、花鳥魚獸等圖案，就大功告成了。
（高修民攝）

冰燈

　　把許多大型冰塊堆組起來，雕刻成特殊主題的造型，內部挖空，配上五顏六色的燈管。鮮亮的色彩從透明的層層冰霧中放射出來，再加上四周的冰氣，醞釀出如夢似幻的氣氛，彷彿身在仙境。（彭範先攝）

電動花燈

電動花燈的題材多半是根據民間故事編製成的。例如：玄奘取經、白蛇傳、牛郎織女等等。配合特殊的布景設計、燈光效果，劇中人物個個栩栩如生，令人印象深刻。（莊錦芳攝）

燈泡花燈

明亮的燈光、艷紅的衣裳、華麗的花轎、嬌美的新娘，喜氣洋洋的「憨鼠迎親」，樂得新郎倌都笑得合不攏嘴了。（陳壁銘攝）

圓紅的太陽射出耀眼的光芒，憨豬、肥鼠喜迎東昇的旭日。（陳壁銘攝）

以財神爺和喜牛為造型的花燈特別引人注目，笑口盈盈的財神爺祝賀大家恭喜發財。（陳壁銘攝）

作者簡介

蘇秀絨

師大國文系畢業。

曾教過書，教過外國人士學華語多年。

在出版部門主編過兒童讀物，並在國語日報副刊主編漫畫版、故事版多年。

現任國語日報兒童版主編及語文天地版主編。

是樂在工作的兒童文學工作者。

繪者簡介

黃茗莉

曾發表兩本圖畫故事書《第一次看電影》、《米粒市長》，

及兒童故事有聲書三輯

〈小耗子與舍利子〉、〈金黃色的天鵝王〉、〈神祕的老人〉。

榮獲國語日報牧笛佳作獎，

榮獲兩次信誼幼兒文學佳作獎。

中國民俗節日故事 01

龍　燈

作者／蘇秀絨　　繪者／黃茗莉

發行人／林良　　社長／張學喜　　總策畫／蔡惠光　　主編／陳方妙　　校對／李炳傑・陳方妙・陳旻芊　　美術編輯／陳聖真

出版者／國語日報社　　地址／臺北市福州街2號　　電話／(02)23945995轉1402　　郵撥帳號／00007595

網路書局／http://www.mdnkids.com　　登記證／行政院新聞局登記證局版臺業字第零貳壹號

出版日期／1999年5月　第1版　　2005年2月　第1版　第4刷　　定價／新臺幣160元

製版印刷／東鋒彩色印刷品有限公司　　電腦排版／泓茂電腦排版有限公司